Georges
le petit curieux

Bienvenue au magasin de jouets !

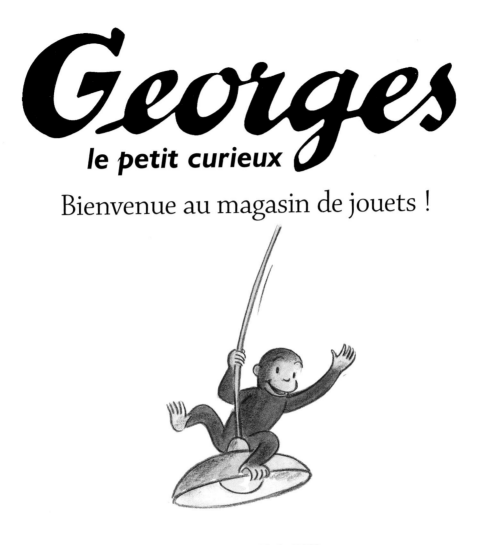

MARGRET & H.A.REY

Illustrations de Martha Weston d'après H. A. Rey

NATHAN

Traduit de l'anglais par Alice Marchand.

Conforme à la loi n° 49.956 du 16 juillet 1949
sur les publications destinées à la jeunesse.
© Nathan / VUEF, 2003

Publié en langue anglaise sous le titre Curious George visits a toy store.
Based on the character of Curious George®, created by Margret and H. A. Rey.
The character Curious George, including without limitation the character's name in french
and english and any variations, translations or local versions thereof and the character's
likenesses, are trademarks of Houghton Mifflin Company.
Copyright © 2002 by Houghton Mifflin Company
Published by special arrangement with Houghton Mifflin Company

Dépôt légal : avril 2003
ISBN : 2-09-250162-3
N° d'éditeur : 100 956 59

Ça, c'est Georges.

Comme tous les petits singes, Georges est curieux... parfois même un peu trop !
Aujourd'hui, un nouveau magasin de jouets ouvre ses portes.
Georges et l'homme au chapeau jaune ne veulent pas être en retard !

Quand ils arrivent, la file d'attente s'allonge jusqu'au coin de la rue. Pas facile pour un petit singe d'être patient quand il faut faire la queue si longtemps !

George se faufile à travers la foule. Il veut juste jeter un coup d'œil à l'intérieur du magasin.

Georges arrive devant l'entrée juste au moment
où la directrice du magasin ouvre la porte.
– Hé, ce n'est pas un endroit pour les singes, ici ! dit-elle.

Mais Georges est trop impatient...

Hop ! Le voilà déjà à l'intérieur !

Les étagères sont remplies de ballons, de poupées, de vélos et de toutes sortes de jeux.

Il y en a tellement...

... que Georges ne les connaît pas tous !
Comment ça marche, ça ? Et ça ?

Et ces cerceaux ? Ils servent à quoi ?

Georges est curieux.

Il escalade la pile pour en sortir un.
Le cerceau ne bouge pas.
Georges tire plus fort.
Le cerceau ne bouge toujours pas.
Georges tire de toutes ses forces !

Soudain, on entend un grand vacarme.

Des cerceaux rouges, bleus, verts et jaunes sautent
en l'air et rebondissent dans tous les coins.
– Regardez ! s'exclame un petit garçon qui se met
à bondir lui aussi.
– Oh, dit sa grand-mère, ça fait des années
que je n'en avais pas vu !

11

Elle passe un cerceau autour de sa taille et le fait tourner.

Georges aussi essaie le houla hoop !

Ensuite, Georges s'amuse
à faire la roue.

Il roule et roule et...

13

Aïe, aïe, aïe !

Il se cogne contre la directrice.
Celle-ci est furieuse.
– Je savais bien que tu ferais des bêtises,
dit-elle. Regarde-moi cette pagaille
dans mon nouveau magasin !

Elle essaie à nouveau d'attraper Georges.

Mais, à nouveau, il lui échappe !

L'instant d'après, il a disparu. Hop ! Le revoilà tout en haut d'une étagère !

Dans l'allée, une petite fille montre un jouet qu'elle n'arrive pas à attraper.
– Maman, demande-t-elle, on peut prendre ce dinosaure, là-haut ?

Georges saisit le dinosaure
et le passe à la petite fille.
Elle est ravie. Un garçon à côté
d'elle demande alors à Georges :

– Et tu peux me passer ce ballon,
s'il te plaît ?
Georges attrape le ballon
et le lance au petit garçon.

– Et moi, je peux avoir cette
marionnette, tout là-bas ?
demande une autre petite fille.

Heureusement que Georges est un singe !

Il saute de l'étagère, s'accroche
à une lampe, se balance
pour attraper la marionnette
et la dépose dans les mains
de la petite fille.

– Bravo !
C'est mieux qu'au cirque !
crie un petit garçon.
Et tous les enfants
applaudissent Georges.

Mais voilà la directrice qui arrive en courant,
suivie de l'homme au chapeau jaune.

– Ça suffit, maintenant ! gronde-t-elle.
Assez de singeries pour aujourd'hui !

Une petite fille qui s'avance pour faire
la queue à la caisse s'exclame alors :
– J'adore ce magasin !
– Excellente idée, ce petit singe qui aide
les enfants ! dit son père à la directrice.

LE COFFRE À JOU

– Hum… vous avez sans doute raison,
répond la directrice.
Elle sourit à Georges et lui donne un cadeau.
– Merci, Georges, dit-elle. Grâce à toi, l'ouverture
de mon magasin est un succès.

Les singeries, c'est très bon pour les affaires, finalement !